GÉRARD MORDILLAT
JÉRÔME PRIEUR

Corpus Christi

Procès

arte Éditions

ÉDITIONS MILLE ET UNE NUITS

MORDILLAT/PRIEUR

Texte intégral

INÉDIT

Ce livre est tiré de la série télévisée *Corpus Christi* coproduite par Archipel 33 et La Sept/Arte.

ISBN : 2-84205-133-5
Achevé d'imprimer en mars 1997
par G. Canale & C. Spa (Turin, Italie)

Sommaire

Évangile selon Jean (XIX, 17 à 22)

Ils prirent donc Jésus
Et portant lui-même sa croix
Jésus sortit vers le lieu dit « du crâne »
Qui en hébreu se dit Golgotha
Où ils le crucifièrent
Et avec lui deux autres
Un de-ci, un de-là
Et au milieu Jésus.
Pilate écrivit aussi un écriteau
Et le fixa sur la croix
Il y était écrit
« Jésus le Nazôréen, le roi des Juifs »
Cet écriteau beaucoup de Juifs le lurent
Parce que le lieu où Jésus fut crucifié
Était proche de la ville
Et c'était écrit en hébreu, en latin et en grec.
Les Grands Prêtres des Juifs dirent à Pilate :
« N'écris pas : le roi des Juifs, mais qu'il a dit :
"Je suis le roi des Juifs." »
Pilate répondit :
« Ce que j'ai écrit, je l'ai écrit. »

Introduction

Quelles que soient nos croyances ou nos convictions, comment se fait-il que nous connaissions aussi peu les origines du christianisme ?

Comment mettre en évidence que les écrits fondateurs qui composent le Nouveau Testament sont le résultat d'une longue élaboration ?

Comment rappeler que les Évangiles, avant d'être un texte sacré, constituent d'abord un texte ?

Comment montrer que cette histoire, tellement investie au cours des siècles par les interprétations religieuses, risque de disparaître sous elles ?

Avant d'interroger chaque phrase du récit de la Passion dans l'Évangile selon Jean, d'en soumettre chaque élément aux hypothèses les plus avancées de la recherche historique, et de la critique textuelle, il faut se défaire de deux préjugés qui, depuis toujours, obscurcissent le débat entre les chercheurs.

D'une part, le « christo-centrisme », c'est-à-dire la tendance des exégètes à tout expliquer – même les impasses du texte – par la certitude indiscutable que Jésus est le Christ.

D'autre part, le soupçon de préméditation ; c'est-à-dire le préjugé supposant que ces textes, aussi divers soient-ils, ont été écrits ou réécrits dans le but de tromper les lecteurs, de les attirer vers l'Église, comme l'ont défendu les historiens « rationalistes ».

Au regard des modes de fabrication, des procédés d'écriture, des anachronismes, des anomalies de ces textes, ni le

« christo-centrisme » ni la « préméditation » ne sont des *a priori* recevables.

Ce qu'il faut sans cesse rappeler, en revanche, c'est que les Évangiles ne sont pas contemporains des événements qu'ils décrivent et qu'ils poursuivent d'autres buts que de dire l'histoire. De même que Jésus n'a jamais été chrétien, le christianisme primitif (avant la lettre) est radicalement étranger au modèle catholique et romain auquel il allait finir par donner naissance.

Pour être appréhendée dans sa complexité, la question historique doit donc l'être sur un double terrain. Elle doit l'être dans le cadre du judaïsme du début du Ier siècle, à l'intérieur des données sociales, politiques et religieuses de la Palestine et non selon une grille moderne d'interprétation. Elle doit l'être sans jamais oublier non plus le cadre dans lequel ces textes ont été écrits, c'est-à-dire au moment où le christianisme émerge du judaïsme palestinien et s'en sépare ; au moment où la Palestine par deux fois, en 70 puis en 135, va être vaincue par l'Empire romain.

Corpus Christi touche à un domaine si complexe que nous n'avons, évidemment, ni la naïveté ni la prétention de répondre de façon catégorique aux questions que nous nous posons.

En revanche, nous avons eu l'ambition de n'en omettre aucune, d'y revenir de plusieurs points de vue, sous plusieurs formes afin de serrer au plus près les énigmes qui circonscrivent cet immense domaine de recherche qu'est aujourd'hui, à travers le monde, l'étude du Nouveau Testament et des origines du christianisme.

En d'autres mots, pouvons-nous, et comment, mesurer ce qui sépare le Jésus de l'Histoire de la figure de Jésus-Christ dans la tradition chrétienne ?

Son corps crucifié fut-il celui d'un Dieu ?

Celui d'un homme ?

Ou le corps d'un texte ?

Procès

Tous les historiens, même les plus sceptiques, s'accordent à considérer la crucifixion de Jésus comme le fait le moins discutable relaté par les Évangiles.

Mais les conditions de son arrestation, la procédure qui le conduisit à la mort, ne sont pas claires dans les Évangiles, ni dans le texte de Jean, ni dans ceux de Marc, Matthieu, Luc…

Des procédures incompatibles

Selon la chronologie de Marc et Matthieu :

– Jésus est arrêté à Gethsémanie et conduit immédiatement chez le Grand Prêtre ;

– en pleine nuit, réuni au complet, le Sanhédrin se rassemble pour l'entendre. Le Sanhédrin, à l'époque du second Temple, représentait l'autorité suprême du judaïsme sur le plan civil et religieux. C'était un conseil de soixante et onze membres composé des Grands Prêtres, des Anciens et des scribes, où se retrouvaient toutes les composantes de la nation ;

– Jésus est interrogé par le Grand Prêtre devant l'assemblée du Sanhédrin ;

– confronté à des témoins, il est convaincu de blasphème ;

– le Sanhédrin décide qu'il mérite la mort ;

– le matin, après une nouvelle réunion du Sanhédrin, Jésus est conduit devant Pilate ;

– Pilate recommence l'interrogatoire de Jésus, lui demandant s'il est le « Roi des Juifs » ?

Luc, tout en suivant une trame très proche de Marc et Matthieu, en diffère sensiblement :

– il ignore la deuxième réunion du Sanhédrin, la séance matinale ;

– il ne met pas en scène la comparution des témoins ;

– le Sanhédrin ne prononce pas de sentence avant de mener Jésus devant Pilate ;

– Pilate, dans un épisode seulement raconté par Luc, adresse Jésus « le Galiléen » à Hérode Antipas, tétrarque de Galilée, présent à Jérusalem pour les fêtes de la Pâque...

– Hérode interroge Jésus et le renvoie à Pilate. Ni l'un ni l'autre ne trouvent de motif de condamnation ;

– finalement, Pilate fait exécuter Jésus.

Dans l'Évangile selon Jean, c'est encore un tout autre scénario qui conduit le récit :

– Jésus, après son arrestation, est conduit chez Ann « le beau-père de Caïphe qui était Grand Prêtre cette année-là... » ;

– Ann interroge Jésus sur « son enseignement et ses disciples » avant de le renvoyer chez Caïphe ;

– Caïphe livre Jésus à Pilate sans que le Sanhédrin soit jamais évoqué.

Ces chronologies divergentes, ces récits contradictoires imposent de tirer au clair un certain nombre de questions.

Premièrement : la séance de nuit du Sanhédrin évoquée par les synoptiques est-elle plausible ?

Vraisemblablement pas.

En dehors des Évangiles, aucun autre texte n'atteste, de près ou de loin, que le Sanhédrin puisse siéger de nuit, qui plus est dans le contexte de la Pâque...

Il paraît donc probable qu'il s'agisse d'un arrangement rédactionnel dont l'enjeu, souligne Christian Grappe, était « de faire que Jésus prononce, dans le cadre le plus solennel possible, la prophétie de son retour ». En effet, dans les Évangiles synoptiques, Jésus prophétise que la fin des temps est proche et qu'il va établir le royaume de Dieu sur la terre d'Israël : « Vous verrez, dit Jésus à ses juges, le Fils de l'homme siéger à la droite de la Puissance et venir avec les nuées du ciel. »

Deuxièmement : pourquoi, chez Marc et Matthieu, le Sanhédrin se réunit-il deux fois ? Une première fois la nuit et, à nouveau, le matin ?

Peut-être faut-il voir là une référence au traité *Sanhédrin* (IV ; I, V ; 5) qui précise que lorsqu'une sentence capitale devait être prononcée, elle ne pouvait l'être le même jour, *a fortiori* si elle avait été votée à l'unanimité. Or, selon le texte des synoptiques, personne ne semble avoir pris la défense de Jésus.

« Normalement, rappelle Jean-Pierre Lémonon, quand une condamnation était décidée à l'unanimité, ce que pourrait laisser entendre le récit de l'Évangile de Marc, l'unanimité paraissait suspecte au regard du droit juif qui prévoyait un délai d'au moins un jour avant que la condamnation ne devienne définitive. »

Dans le cas de Jésus, la sentence étant portée le matin, il aurait donc fallu un jour de plus pour confirmer l'arrêt du Sanhédrin.

Le traité Sanhédrin précise en effet : « Les procès capitaux ne peuvent se terminer le jour même que par un acquittement, mais seulement le lendemain par une condamnation. Pour cette raison, ajoute le traité, il n'est pas permis de conduire un tel procès une veille de *shabbat* (vendredi) ou la veille d'un jour de fête. »

Encore une fois, si l'on s'en rapporte au texte des Évangiles, deux obstacles majeurs apparaissent :

– les Juifs comptant les jours du crépuscule au crépuscule, le procès de Jésus et sa condamnation à mort se seraient déroulés dans la même journée ;

– ce procès et cette condamnation se situent, selon les synoptiques, le premier jour de Pâque qui, cette année-là, se doublait d'un *shabbat* (ce sur quoi s'accordent au moins les quatre Évangiles malgré, par ailleurs, leurs divergences).

Comment expliquer d'aussi considérables anomalies ? Peut-on avancer, comme l'ont fait certains commentateurs, que la procédure criminelle devant le Sanhédrin ne nous est connue que par la *Mishna*, dont le texte le plus ancien ne date que de la fin du IIe siècle ?

De l'avis des juristes, il semble qu'il y ait peu de raisons de douter que la procédure décrite par la

Mishna, certes dans un recueil postérieur aux faits, n'ait été, du moins dans ses lignes essentielles, déjà en vigueur à l'époque de Jésus.

Et avec un formalisme tel que cette codification ne pourrait vraisemblablement pas avoir été élaborée en peu de temps…

On pourrait aussi défendre l'idée que le procès de Jésus s'est effectivement déroulé comme le racontent les Évangiles synoptiques, c'est-à-dire en violation de toutes les procédures connues. Ce qui indiquerait de façon éclatante que le procès de Jésus a été le théâtre d'une justice d'exception.

Mais n'est-ce pas là une relecture chrétienne que de faire du procès de Jésus un procès exceptionnel ?

Et surtout si ce procès, devant le Sanhédrin, en admettant par hypothèse sa réalité historique, avait bafoué toutes les règles, comment comprendre que le récit des synoptiques ne souligne pas cette violation flagrante du droit juif ?

Comment accepter qu'il l'ait tout au contraire dissimulée derrière le formalisme le plus apparent du respect des procédures (comme en témoigne, par exemple, le détail de l'audition de « témoins ») ?

On pourrait plutôt penser qu'il s'agit uniquement d'un travail d'écriture des rédacteurs qui connaissent les procédures juives dans les grandes lignes mais ignorent ses particularités et surtout qui n'ont jamais assisté à un procès mené par le Sanhédrin…

L'épisode de l'Évangile selon Luc, où Jésus dit « le Galiléen » est envoyé à Hérode Antipas, tétrarque de

Galilée, présent à Jérusalem pour les fêtes de la Pâque, pourrait être un bon exemple de ce travail rédactionnel.

Le parallélisme avec les deux séances du Sanhédrin chez Marc et Matthieu est flagrant : après le Sanhédrin, Hérode juge Jésus. Ainsi toutes les autorités juives se trouvent-elles impliquées dans le processus de mise à mort… Dans un évangile apocryphe, l'Évangile de Pierre, cette perspective sera encore développée : Hérode en personne condamnera Jésus, et les Juifs eux-mêmes procéderont à la crucifixion…

Alors, en se fondant sur l'Évangile selon Jean, n'est-il pas plus cohérent de reconnaître, à la suite de Marie-Émile Boismard, que, contrairement à ce que veulent nous faire croire les synoptiques, « il n'y a pas eu de procès devant le Sanhédrin ». Ce qu'approuve Hyam Maccoby : « Je pense que Jean nous donne là les faits authentiques : Jésus a été traduit devant le Grand Prêtre. Il a été interrogé par lui et par son beau-père… », et cela en dehors de toute réunion formelle de l'autorité suprême juive.

Les Grands Prêtres

L'implication personnelle d'un ou des Grands Prêtres est, au fond, le seul élément sur lequel s'accordent unanimement l'Évangile selon Jean et les Évangiles synoptiques…

– Dans l'échauffourée qui précède l'arrestation de Jésus, un homme est blessé par un des disciples (lequel lui coupe l'oreille). Cet homme est présenté systématiquement par les quatre textes comme le serviteur du Grand Prêtre.

– Quel que soit l'Évangile considéré, après son arrestation, Jésus est toujours mené chez le Grand Prêtre.

– C'est toujours le Grand Prêtre qui conduit les débats…

Marc n'indique pas le nom du Grand Prêtre, contrairement à Matthieu qui précise qu'il s'agit de Caïphe. Le personnage n'est pas identifié chez Luc, mais au chapitre III, l'évangéliste situe précisément son récit pendant la quinzième année du règne de Tibère et, ajoute-t-il, « du temps des Grands Prêtres Ann et Caïphe » (mais cette précision, pour une très grande majorité de chercheurs, paraît avoir été introduite tardivement dans le texte).

Jean reprend cette information quand il précise que Jésus est mené chez Ann et qu'il ajoute qu'Ann est le beau-père de Caïphe, Grand Prêtre en exercice. Cependant Charles Guignebert faisait observer : « Il est probable que le premier rédacteur avait écrit “chez Ann”, le Grand Prêtre de cette année-là, et que la mention de Caïphe n'est qu'une correction secondaire d'après Matthieu (26, 57) ; la gaucherie et l'incertitude de tout le couplet johannique (18, 13-24) le prouvent. D'où il suit que la tradition ne savait pas au juste comment se nommait le Grand Prêtre qui était censé avoir présidé au procès juif de Jésus. » Ajoutons de plus qu'il est difficile de localiser le lieu exact où Jésus est mené : dans l'enceinte du Sanhédrin qui siégeait à l'intérieur du Temple ? au domicile même du Grand Prêtre ?

Ann et Caïphe

Donc Jésus, après son arrestation, est conduit en premier, non pas chez le Grand Prêtre en fonction (Caïphe) comme on s'y attendrait, mais chez Ann, son beau-père. Ann, qui s'il n'exerce plus le pouvoir, n'en demeure pas moins un personnage considérable, chef d'une dynastie sacerdotale qui régnera jusqu'aux alentours de la chute du Temple de Jérusalem à travers cinq de ses fils et gendres et un de ses petits-fils.

Selon Flavius Josèphe, le pontificat d'Ann va de 6 à 15 de notre ère, celui de son beau-fils Caïphe de 18 à 35, c'est-à-dire pendant toute la période où Pilate a été préfet de Judée…

À l'époque de Jésus, ce sont, selon les analyses de Joachim Jérémias (*Jérusalem au temps de Jésus*) les Grands Prêtres de la dynastie d'Ann qui gèrent les recettes et organisent le commerce des animaux dans l'enceinte de Temple.

Dans l'épisode qui va provoquer son arrestation, Jésus « chasse les marchands du Temple », ce serait donc directement aux intérêts d'Ann et de Caïphe qu'il se serait attaqué…

L'importance économique du Temple n'est peut-être pas suffisamment perceptible à la lecture des Évangiles.

Pourtant, cette importance est double :

– pour les Grands Prêtres qui sont les gestionnaires des offrandes et de tout ce qui participe au culte ;

– pour les Romains qui prélèvent taxes et impôts sur l'ensemble de ces activités.

Les Grands Prêtres comme les Romains ont donc « intérêt » au bon fonctionnement du Temple.

Comme le relevait S.G.F. Brandon dans son livre *Jésus et les Zélotes* : « Quand Jésus s'éleva contre la pratique du négoce dans cette maison de prière – pratique qui enrichissait fort l'aristocratie sacerdotale – peut-être blâma-t-il ces Juifs pro-romains tout-puissants et avides au contrôle desquels le sanctuaire de Yahvé était assujetti, et menaça-t-il de mettre un terme à la domination qu'ils exerçaient sur le Temple. »

Ce « conflit d'intérêts » pourrait alors expliquer pourquoi Ann, avant tout autre, semble gouverner l'ensemble des opérations, de l'arrestation à la condamnation de Jésus.

Il est essentiel de se souvenir que :

– après être intervenu au Temple, Jésus est arrêté par les hommes du Grand Prêtre (Caïphe) et conduit chez son beau-père Ann pour interrogatoire…

– ensuite, Jésus est transféré chez Caïphe…

– en dernier – et seulement en dernier – chez Pilate…

Cet ordre induit une hiérarchie différente de la hiérarchie officielle ; il induit également une hiérarchie des responsabilités. Et vraisemblablement, l'étude de cette hiérarchie nous permet de comprendre pourquoi le Sanhédrin n'a jamais entendu Jésus et n'a jamais eu à statuer sur son cas.

L'hypothèse est la suivante :

– Ann fait arrêter Jésus, l'entend et le livre à Pilate sans solliciter l'avis du Sanhédrin ; d'une part, parce que la procédure est lourde et incertaine, la condamnation de Jésus n'était pas acquise d'avance. Un Sanhédrin qui condamnait à mort une fois en soixante-dix ans était considéré, dit-on, comme un Sanhédrin « sévère »... D'autre part, parce que, vraisemblablement, les fêtes de la Pâque doublées du *shabbat* rendaient sa réunion impossible...

– Caïphe, Grand Prêtre en exercice, entérine les décisions de son beau-père aussi bien vis-à-vis des membres du Conseil que vis-à-vis de Pilate. Et peut-être faut-il entendre l'écho de ses justifications devant le Sanhédrin lorsque l'évangéliste lui fait dire : « Il vaut mieux qu'un homme meure pour tout le peuple », comme s'il cherchait, *a posteriori*, à couvrir son beau-père...

– Pilate recevant « un malfaiteur », avec l'aval de Caïphe, le fait exécuter séance tenante sans autre forme de procès.

L'hypothèse d'une implication directe des Grands Prêtres – d'une sorte de « circuit court » de Ann à Pilate – paraît plus cohérente, même s'il semble y avoir une disproportion entre la réaction des Grands Prêtres et ce qu'a fait ou dit Jésus selon les Évangiles.

Il y a là une obscurité ou un manque.

Les accusations

Il y a également une sorte d'inadéquation entre les paroles et les actes de Jésus et les charges retenues contre lui.

Quelles sont ces charges ?

Selon les synoptiques, Jésus serait coupable de blasphème pour s'être prétendu « Fils de Dieu ».

Ce terme était-il ou non blasphématoire ?

Marie-Émile Boismard ne le croit pas : « Dans le Nouveau Testament, l'expression "Fils de Dieu" n'a pas du tout le sens transcendant. C'était appliqué à n'importe qui dans l'Ancien Testament : aux rois, aux princes, au peuple lui-même, aux Justes, etc. »

Ce que confirme Hyam Maccoby : « Le fait que Jésus se proclame "Fils de Dieu" n'a rien de blasphématoire. Ce titre avait été donné au roi Salomon, par exemple. C'était un titre royal. Dans un autre sens, tout être humain est fils ou fille de Dieu. Si Dieu est notre père, nous sommes tous ses enfants… Donc il n'y a pas de blasphème. Mais Jésus revendiquait ce titre dans un sens particulier, dans le sens de Roi. "Fils de Dieu" était un titre royal. »

Jean semble conscient de la faiblesse de cette accusation puisqu'il aggrave la charge en indiquant que les Juifs menacent de lapider Jésus non plus pour s'être proclamé « Fils de Dieu » mais pour s'identifier à Dieu lui-même…

Ce à quoi Jésus réplique : « N'est-il pas écrit dans votre loi : – J'ai dit : vous êtes des Dieux. »

En effet, si l'écriture appelle « dieux » de simples mortels, en quoi Jésus serait-il coupable de se dire « Fils de Dieu » ?

Cette première accusation paraît donc fragile, sans même s'attarder sur les étrangetés du texte (Jésus dit « votre Loi » aux Juifs, comme s'il n'était pas juif lui-même ; il ne répond pas exactement au reproche de s'être identifié à Dieu, etc.).

De même, le Sanhédrin chez les synoptiques reproche à Jésus de s'être prétendu « Christ » c'est-à-dire « Messie » selon le terme hébreu. Mais jamais dans la loi juive, le fait de se déclarer Messie ou d'être reconnu comme tel ne peut revêtir un caractère blasphématoire, pas plus non plus que de se prétendre « Fils de l'Homme ». C'est pourtant les griefs qui semblent accabler Jésus dans les textes synoptiques et l'envoyer à la mort...

Les paroles contre le Temple

En revanche, l'accusation d'avoir menacé de détruire le Temple ou d'avoir prophétisé sa destruction semble plus recevable, même si le simple bon sens nous oblige à reconnaître avec Daniel Schwartz : « Il est difficile d'admettre qu'une seule personne puisse détruire le Temple – c'était un édifice solide, avec des gardes. Il n'y avait pas de bombe à l'époque ! Je ne crois pas que Jésus ait vraiment eu les moyens de détruire le Temple. »

Mais Jésus n'a pas seulement prophétisé de détruire le Temple, il a également prophétisé de le reconstruire, ce qui rend l'accusation plus complexe.

Premièrement, il prophétise. Donc, est-il un vrai ou un faux prophète ?

Deuxièmement, il annonce la destruction du Temple. Donc : menace-t-il l'ordre public ?

Troisièmement, il prétend qu'il reconstruira le Temple en trois jours. Donc : est-il un magicien ? Et, plus grave, veut-il substituer au Temple un autre Temple ?

De plus, ces paroles de Jésus à propos du Temple ne se présentent pas de la même façon chez Marc, Matthieu et Jean ; seul Luc les ignore…

– Chez Marc : « Je puis détruire le Temple de Dieu et en trois jours le rebâtir. »

– Chez Matthieu : « Je détruirai ce Temple fait de main d'homme et en trois jours j'en bâtirai un autre non fait de main d'homme. »

– Chez Jean : « Détruisez ce Temple, en trois jours je le relèverai. »

Il est donc clair qu'il y a de Marc à Jean une amplification progressive de la prophétie :

– Marc parle simplement de détruire le Temple et de le (re)bâtir en trois jours ;

– Matthieu précise que le Temple fait de « main d'homme », sera remplacé par un autre temple « non fait de main d'homme » ;

– Jean montre Jésus ordonnant aux Juifs de détruire leur Temple (il ne dit pas « Détruisez le Temple », mais « Détruisez ce Temple ») puis annonçant qu'il le relèvera (ce même Temple) sans précision de temps… La question se complique dans la mesure où Jean commente : le Temple en question est le corps de Jésus… Il s'agit donc d'une « prophétie » sur la crucifixion et la résurrection.

Dans Marc et Matthieu, les paroles de Jésus sont rapportées par des témoins qui, du point de vue du texte, apparaissent comme de « faux témoins » ; ce qui, bien évidemment, n'exclut pas que Jésus ait pu prononcer de telles paroles, au contraire...

Prophète ou faux prophète ?

Les hommes des Grands Prêtres d'ailleurs insultent Jésus : « Fais le prophète ! » lui disent-ils pour le provoquer lors de la scène des outrages.

« Dans le Deutéronome, on s'interroge, rappelle Jean-Pierre Lémonon. Si un prophète, quelqu'un qui se prétend prophète, entraîne Israël loin de l'enseignement traditionnel, que faire ? Et la réponse est claire : il faut le condamner, il faut l'exécuter, "le faire disparaître" dit le texte. »

Comme le souligne Sean Freyne, « le prophète Jérémie lui-même avait failli être mis à mort. Autrement dit, dans le judaïsme, les prophètes pouvaient mourir pour leurs idées ».

Mais dans quel cas s'applique le Deutéronome, le code religieux d'Israël ? Au chapitre 13, il stipule : « Si quelque prophète ou faiseur de songes surgit au milieu de toi, s'il te propose un signe ou si ce prodige annoncé arrive, s'il te dit alors : "Allons à la suite d'autres dieux (que tu n'as pas connus) et servons-les." Tu n'écouteras pas les paroles de ce prophète, ni les songes de ce songeur. C'est Yahvé votre Dieu qui vous éprouve pour savoir si vraiment vous aimez Yahvé votre Dieu de tout votre cœur et de toute votre âme. C'est Yahvé votre Dieu que vous suivrez et c'est lui que vous craindrez, ce sont ses commandements que vous garderez, c'est à sa voix que vous obéirez, c'est lui que vous servirez, c'est à lui que vous vous attacherez. Ce prophète ou ce faiseur de songes devra mourir, car il a prêché l'apostasie envers Yahvé ton Dieu, qui vous a fait sortir du pays d'Égypte et t'a racheté de la maison de servitude, et il t'aurait égaré loin de la voie où Yahvé ton Dieu t'a ordonné de marcher ; tu feras disparaître le mal du milieu de toi. »

Les signes ou les prodiges visés par le Deutéronome sont-ils tous les miracles et les guérisons opérés par Jésus ?

Il est vrai que dans l'Évangile de Jean, immédiatement après la résurrection de Lazare par Jésus, les Grands Prêtres se demandent : « Que faisons-nous, puisque cet homme fait beaucoup de signes ? »

Mais d'une part cette accusation est absente des autres Évangiles et, d'autre part, rien dans la bouche de Jésus n'annonce de « nouveaux dieux », sinon peut-être cette idée de « reconstruire » le Temple non fait de main d'homme…

Pour montrer que c'est bien l'accusation d'être un faux prophète qui est portée contre Jésus, on tire argument d'un autre passage de l'Évangile de Jean. Quand il le fait comparaître devant lui, le texte précise, en effet, que le Grand Prêtre interroge Jésus « sur sa doctrine et ses disciples ».

Mais on peut s'interroger.

À lire les Évangiles, les disciples ne semblent ni bien menaçants, ni bien nombreux. Quant à sa prétendue doctrine, Jésus a beau jeu de répondre qu'il ne s'est jamais caché et qu'il a toujours parlé en public au Temple. « Je n'ai rien dit en secret. Pourquoi m'interroger ? »

Sa « doctrine » ne serait que sa propre lecture de la Torah, interprétation au demeurant assez proche de celle des pharisiens de son temps.

L'accusation serait bien faible.

À moins qu'elle ne soit antidatée.

« Sa doctrine et ses disciples » : la formule relève en fait de la phraséologie typique de tous ceux qui, à Rome, entre l'Édit de Claude en 41 et le début du IIe siècle, s'opposent aux partisans de « Christos », à leur « effroyable superstition » comme l'écrit Tacite.

Par Jésus interposé, on peut imaginer que les premiers « chrétiens » se défendent dans le texte contre leurs adversaires, contre ceux qui les persécutent et voient en eux une secte, contre les pharisiens de la fin du Ier siècle qui, après la chute du Temple de Jérusalem, vont s'efforcer de reconstruire le judaïsme en excluant certains courants, ceux qui, à leurs yeux, peuvent être taxés d'ésotérisme – c'est-à-dire d'avoir une doctrine secrète et des initiés.

De même, il ne faut jamais perdre de vue que les « prophéties » de Jésus ont été écrites bien après sa mort et que les rédacteurs ont toute facilité de lui faire annoncer des événements qui ont eu lieu et qu'ils connaissent : l'annonce de sa crucifixion, la fuite des disciples, la destruction du Temple qui surviendra en 70, quand les Évangiles, semble-t-il, seront en cours d'écriture.

L'autorité du Temple

Pour autant, la menace contre l'ordre public n'est pas à exclure si l'on comprend que les Juifs craignaient que les prophéties de Jésus conduisent à une rébellion qui, elle, aurait pu causer la destruction du Temple…

Comme le souligne Jean-Pierre Lémonon, « Jésus, en s'en prenant au Temple, représente un danger dans la mesure où, disant des paroles contre le Temple, ou invitant à avoir une autre attitude vis-à-vis du Temple, Jésus critique le pouvoir des Grands Prêtres. Il n'est pas étonnant que les Grands Prêtres soient ceux qui veulent la disparition de Jésus ».

Les Grands Prêtres (et donc parmi eux Caïphe et son beau-père Ann) incarnent l'autorité à Jérusalem, et tout pouvoir – quel qu'il soit, la chrétienté en compte d'abominables exemples – est enclin à réprimer au plus vite et de façon définitive tout ce qui semble le menacer.

Comme le dit Charles Perrot, « Jésus est un trublion ».

Or – si nous suivons les textes des Évangiles – Jésus a eu non seulement des paroles contre le Temple mais des gestes qui donnaient à cette menace une réalité. Les Grands Prêtres étaient donc, de leur point de vue, parfaitement fondés à arrêter Jésus, à le traduire en justice et à le condamner.

« Je crois, dit Jean-Pierre Lémonon, qu'on a trop l'habitude de voir les Grands Prêtres comme des gens qui, au départ, sont de mauvaise foi. Mais il faut bien réaliser que les Grands Prêtres ont comme fonction de maintenir Israël dans la tradition. Je ne dis pas qu'ils l'aient toujours fait, mais c'est leur fonction. Ils ont intérêt, vis-à-vis du gouverneur romain, à ce que le calme règne. »

Pour Daniel Schwartz, « nous sommes en présence de deux forces qui normalement ne peuvent pas cohabiter, et qui doivent trouver un *modus vivendi*, un équilibre... Donc si une personne bouleverse cet équilibre, elle devient dangereuse ».

De fait, Jésus menaçait l'équilibre des pouvoirs, la répartition des rôles entre les Romains et les Grands Prêtres, chargés d'exercer non seulement l'autorité religieuse mais aussi l'autorité civile à Jérusalem et de contrôler l'activité économique du Temple. Rien ne paraît moins contestable.

Autrement dit, même si le risque est exagéré, Jésus menace l'ordre public, et les Grands Prêtres affirment leur pouvoir en appliquant, face à l'occupant romain, la politique du « moindre mal » : « Il vaut mieux qu'un homme meure pour tout le peuple. »

Pour autant, le peuple juif dans son entier était-il menacé, la nation risquant même de « périr », pour reprendre les termes de l'Évangile ?

De quelle situation Jésus est-il l'otage ?

On sait par les historiens que le Ier siècle est une époque de troubles pour la Palestine, mais que la période autour des années 30 est plutôt à l'accalmie. Le Grand Prêtre ne prophétiserait-il pas plutôt (lui aussi *a posteriori)* ce qui va arriver, les deux guerres juives qui se terminent par la défaite de 135, la situation politique lors de la rédaction des Évangiles : « Si nous le laissons, les Romains viendront et ils détruiront notre Temple et notre nation », disent les Grands Prêtres et les pharisiens chez Luc.

De deux choses l'une : ou bien cette accusation portée contre Jésus est un argument antidaté, un argument à replacer dans le contexte de la crise interne au judaïsme d'où sortira le christianisme. Ou bien cette accusation est l'écho des critiques qui pouvaient être portées contre Jésus, et les Grands Prêtres avaient raison de redouter le danger puisqu'il s'est réalisé.

Deux questions surgissent alors :

– pourquoi cette accusation est-elle restée dans le texte puisqu'elle justifie la réaction des Grands Prêtres et incrimine la responsabilité de Jésus ?

– pourquoi les Grands Prêtres, au terme de ce constat, ne défèrent-ils pas Jésus immédiatement aux Romains dès qu'ils s'en sont saisi, alors qu'ils tiennent là un motif clairement politique. Motif qui a le double avantage de leur permettre de se débarrasser à bon compte d'un homme qui les dérange sans avoir à craindre les réactions des foules…

La mise en cause des Juifs dans l'arrestation, le jugement et la condamnation de Jésus posent d'autres questions que les textes ne permettent pas de résoudre :

– pourquoi les Juifs agissent-ils « par ruse » et « en secret » ?

– d'où les évangélistes tirent-ils leurs informations sur le complot qui se trame contre Jésus ?

– comment cette conspiration secrète peut-elle être en même temps connue dans le détail par la partie adverse ?

– comment les Romains peuvent-ils ignorer l'activité de Jésus alors que, selon les Évangiles, sa popularité est telle que les Grands Prêtres hésitent à se saisir de lui en pleine fête « de peur qu'il n'y ait tumulte dans le peuple » ?

– pourquoi même, alors qu'il ont décidé « qu'ils le tueraient », les Grands Prêtres ne l'ont-ils pas fait quand ils se saisissent de Jésus en pleine nuit ?

Le droit de mettre à mort

On répond généralement à cela que les Juifs n'avaient plus le droit de mettre à mort.

La question a été très débattue.

D'après ce que nous savons, il semble bien qu'ils l'avaient perdu depuis que les Romains administraient la Judée ; seul le préfet romain détenait le *jus gladii*, le droit de vie ou de mort sur les peuples dominés. Cependant, dans certains cas – notamment celui des blasphémateurs –, les Romains n'intervenaient pas si la foule, dans une réaction de colère, se livrait au lynchage.

Dans les *Actes des apôtres*, par exemple, Étienne, disciple juif helléniste de Jésus, est lapidé parce qu'il « ne cesse de discourir contre le Saint Lieu et contre la Loi ; nous l'avons entendu dire en effet que Jésus, ce Nazaréen, détruirait ce lieu et changerait les institutions que Moïse nous a léguées ». Plus tard, en 61,

Flavius Josèphe relate que Jacques, « le frère de Jésus », sera lui aussi lapidé dans des circonstances analogues sur ordre du Grand Prêtre, indépendamment de toute action romaine.

Mais cette « tolérance » romaine contre les blasphémateurs – et de façon plus générale, leur répugnance à intervenir dans les querelles religieuses entre Juifs – soulève une question capitale : puisque Jésus était accusé de blasphème, puisqu'il était en conflit avec les autorités juives, puisqu'il avait agi contre le Temple, pourquoi Jésus n'a-t-il pas été lapidé ?

La réponse à cette question semble être prévue dans le texte des Évangiles puisque, selon Jean, les Grands Prêtres pour forcer la décision de Pilate rétorquent : « Il ne nous est pas permis de mettre quelqu'un à mort. »

Ce n'est pas une impossibilité juridique qu'il déplorent (« Nous n'avons pas le droit »), ce n'est pas l'Histoire dont ils témoignent (« Il ne nous est plus permis »), c'est de façon détournée leur absence lors de la condamnation à mort de Jésus qu'ils expriment.

Les Juifs de l'Évangile de Jean, en déclarant qu'il ne leur est pas permis de mettre quelqu'un à mort, ne font qu'être l'écho du fait incontournable que Jésus n'a pas été lapidé mais crucifié.

Et que veut dire le texte, si ce n'est : c'est le préfet romain qui a le droit de mettre à mort et qui a tué Jésus, mais ce sont les Juifs qui regrettent de ne pas l'avoir fait eux-mêmes, donc les Juifs doivent subir la responsabilité morale de l'exécution que les Romains n'ont fait qu'exécuter à leur place…

En faisant formuler par les Juifs eux-mêmes leur incapacité à mettre à mort, l'évangéliste obtient un double avantage : celui de conserver les Juifs dans son récit comme la figure négative par excellence, celui de les impliquer dans une décision qui n'a jamais pu être la leur.

Le point de convergence entre les Évangiles, du point de vue de la procédure juive, résume donc l'implication des Grands Prêtres, précisément d'Ann et de Caïphe.

Peut-on aller au-delà de cette constatation ?

Peut-on réellement parler de « procès » juif en termes de probabilité historique ou doit-on le situer dans un cadre purement rédactionnel ?

C'est-à-dire l'ensemble de la construction du « procès » de Jésus ne trouve-t-il pas sa source unique dans le souvenir de paroles de Jésus contre le Temple ?

Le procès – même si ce terme est impropre à désigner ce que nous lisons – est un carrefour inextricable de contradictions, de digressions, d'impasses…

Aucun effort harmonisant ne peut rendre au texte une cohérence acceptable, aussi faut-il recevoir le texte comme il est : irréductible à une explication générale.

On peut cependant dégager l'*a priori* fondamental qui guide la main des rédacteurs : incriminer les autorités juives et, par conséquent, disculper ou excuser les Romains. Et, lorsque Pierre Geoltrain souligne avec malice « le fait que Jésus n'ait pas été lapidé est un petit argument en faveur de la crucifixion réelle de Jésus », il ne fait qu'élargir une des failles du récit évangélique : la croix rend les Romains inévitables…

Qui sont les méchants ?

Daniel Schwartz nous met en garde : « Il est évident que, pour le christianisme, la partie la plus déterminante de la vie de Jésus est sa crucifixion. Donc, le procès et la mort sont les moments les plus importants. Quand on étudie les différentes versions du procès, quand on voit comment les chrétiens ont raconté l'Histoire, on peut se demander qui sont les méchants ? »

En d'autres termes, les responsables de la mort de Jésus sont-ils les Grands Prêtres, ou sont-ils les Romains ?

La principale difficulté vient des Évangiles eux-mêmes qui, rappelons-le toujours, sont notre seule et unique source en la matière. Les textes ne nient pas la responsabilité romaine, mais ils travaillent à l'atténuer. Quant à l'implication des autorités juives, nous venons de voir le nombre de difficultés qu'elle soulève.

L'hypothèse d'un unique procès romain entraîne-t-elle autant de difficultés ?

Le procès romain

Avant même de comparer les différents récits, nous pouvons constater que, lorsque les Grands Prêtres livrent Jésus à Pilate, Jésus n'apparaît jamais sur le plan judiciaire ni comme un condamné dont les juges juifs demanderaient l'exécution, ni même comme un coupable qui aurait été reconnu comme tel au terme d'une première instruction.

Pilate procède comme si le Sanhédrin n'avait rien établi, rien décidé, comme s'il reprenait la procédure à zéro. Alfred Loisy notait très justement que ce procès ne ressemblait en rien à celui d'un « hérétique livré au bras séculier par un tribunal ecclésiastique ».

Chez Jean, par exemple, le procès débute à contre-pied.

Les Grands Prêtres mènent Jésus au prétoire, mais c'est le gouverneur qui les interpelle : « Quelle accusation portez-vous contre cet homme ? »

Leur réponse n'est pas moins surprenante : « Si celui-ci n'était pas un malfaiteur, nous ne te l'aurions pas livré. »

Pure tautologie donc, artifice rhétorique. Est-ce à signifier que le simple fait de livrer Jésus, de le transmettre à l'autorité romaine, suffit à le rendre criminel, à faire de lui un malfaiteur ? Mais quel est le crime de Jésus, quels sont ses méfaits ?

Nous ne le saurons pas.

Nous n'apprendrons qu'une chose : Jésus va être l'objet d'une transaction (dont nous ignorons les termes) entre les Grands Prêtres, nommément Ann et Caïphe, et Pilate.

La réplique de Pilate est des plus troublantes : « Prenez-le vous-même, dit-il aux chefs juifs, et jugez-le selon votre loi. »

Si Jésus n'est justiciable que selon le Deutéronome, cela veut-il dire que le crime qu'on lui reproche ne contrevient ni au droit commun, ni à l'ordre public ?

Jésus n'est-il un péril que pour ceux qui l'accusent ?

La réponse n'est pas chez Jean. Serait-elle ailleurs ?

Chez Luc, par exemple, où les Grands Prêtres formulent une accusation plus explicite : « Nous avons trouvé celui-ci incitant notre nation à la révolte et empêchant de payer le tribut à César et se disant être Christ, Roi. »

Voilà qui donnerait un contenu décisif à l'incrimination vague qu'énonce Jean.

Que l'accusation soit vraie ou fausse, le « malfaiteur » serait un rebelle, ou aurait été présenté comme tel aux yeux de Pilate.

Mais alors, si l'on a recours à l'Évangile de Luc pour compléter celui de Jean, puisqu'il ne nous fournit pas la réponse de Pilate à cet exposé des motifs, comment admettre que Pilate puisse renvoyer l'affaire à la Loi juive ? Comment accepter qu'inciter le peuple juif à se rebeller contre César relève non du droit romain mais du Deutéronome ?

La suite du récit paraît tout aussi curieuse.

Marc, Matthieu puis Luc ajoutent en effet une précision qui intervient au cours de l'interrogatoire de Jésus par Pilate. « Les Grands Prêtres l'accusaient », disent les évangélistes. Ce qui ajoute à l'invraisemblance d'un procès romain en présence de tiers, l'impression que les Grands Prêtres se joignent à la procédure devant le gouverneur. Pour autant, on ne sait pas le moins du monde l'essentiel : quelles sont ces accusations ?

Jésus ne répond pas.

Or, il n'a rien à craindre, puisque le préfet romain

ne cherche pas à connaître ses méfaits mais seulement à savoir ce qu'il a à répondre à ses accusateurs juifs.

Rien n'y fait.

Jésus se tait, mais peut-être est-ce qu'il ne sait pas plus que le lecteur ce qu'on lui veut, ce que des Juifs pourraient faire valoir au regard de la loi de l'Empire.

Le problème semble tellement insoluble qu'on peut se demander s'il ne l'a pas été aussi pour les rédacteurs : on dirait que, de ce point de vue, ils ignorent absolument ce qui pouvait être reproché à Jésus…

Ils se contentent d'allusions, de sous-entendus. On peut aussi conjecturer qu'à l'inverse, s'ils l'ont su, ils ont voulu ou ils ont dû le taire…

Comme l'observait Alfred Loisy, « la relation du procès devant le procurateur est confuse, à la fois incomplète et surchargée, le développement de l'affaire est impossible à suivre ; au début manque l'énoncé de l'accusation et la sentence de condamnation manque à la fin ».

L'interrogatoire de Jésus par Pilate, proprement dit, n'est pas plus cohérent, alors même que les quatre Évangiles se recoupent sur la question initiale que pose Pilate à Jésus : « Es-tu le roi des Juifs ? »

Il y a de quoi être surpris par le caractère abrupt de cette interrogation.

Cette accusation n'a, en effet, jamais été formulée auparavant contre Jésus. Elle ne fait pas partie des chefs d'accusation devant les Grands Prêtres ou le Sanhédrin, elle n'est pas invoquée par ces derniers pour transmettre l'affaire à Pilate. On peut être tout autant stupéfait par la réponse affirmative de Jésus : « Tu le dis », répète-t-il à peu près en termes identiques dans chaque texte.

La volte-face de Jésus est stupéfiante : reconnaître qu'il est roi, c'est-à-dire reconnaître sa messianité, c'est tout à coup réduire à néant l'obligation de silence qu'il a toujours imposée à ses disciples. Comme le disait avec beaucoup d'humour Charles Guignebert, « le moment est bien mal choisi pour faire cet aveu ».

Logiquement, cet aveu devrait suffire à Pilate pour condamner Jésus. Il n'en est rien, bien au contraire.

Pilate, dans chaque Évangile, se propose immédiatement de relâcher Jésus !

Les récits divergent ensuite pour exprimer, chacun à sa façon, le cas de conscience de Pilate, ou du moins ses résistances face aux exigences des chefs juifs qui, eux, soutiennent l'accusation. C'est ce qui sous-tend le récit du dialogue entre Jésus et Pilate

Dialogue avec Pilate

Chez les synoptiques, le dialogue est traité de façon relativement expéditive. Au contraire, chez Jean, un long échange s'établit entre Jésus et Pilate : « Alors Pilate entra de nouveau dans le prétoire : il appela Jésus et dit : "Tu es le roi des Juifs ?" Jésus répondit : "Dis-tu cela de toi-même ou d'autres te l'ont-ils dit de moi ?" Pilate répondit : "Est-ce que je suis juif, moi ? Ta nation et les Grands Prêtres t'ont livré à moi. Qu'as-tu fait ?" Jésus répondit : "Mon royaume n'est pas de ce monde.

Si mon royaume était de ce monde, mes gens auraient combattu pour que je ne sois pas livré aux Juifs, mais mon royaume n'est pas d'ici." Pilate lui dit : "Donc tu es roi ?" Jésus répondit : "Tu le dis : je suis roi. Je ne suis né, et je ne suis venu dans le monde, que pour rendre témoignage à la vérité. Quiconque est de la vérité écoute ma voix." Pilate lui dit : "Qu'est-ce que la vérité ?" Et, sur ce mot, il sortit de nouveau et alla vers les Juifs. Et il leur dit : "Je ne trouve en lui aucun motif de condamnation." »

« De quelle manière un tel dialogue a-t-il pu se faire ? s'interroge Pierre Grelot. Est-ce que Pilate avait appris un peu de la langue populaire qu'était l'araméen ? Ce n'est pas impossible… Mais un Romain était profondément méprisant pour les langues populaires des populations qu'il dominait… Même si Pilate a été pendant une dizaine d'années gouverneur de Judée, on peut se demander s'il a eu le courage d'apprendre un peu d'araméen, et surtout de l'hébreu qui était la langue sacrée ? »

Hyam Maccoby pense que « c'est assez invraisemblable qu'un grand gouverneur comme Pilate ait daigné recevoir un rebelle insignifiant comme Jésus… et qu'il l'ait questionné personnellement. Cela paraît un peu improbable. C'est le genre de corvée qu'un gouverneur aurait laissée à un subordonné pour qu'il la fasse à sa place ».

Pour Étienne Trocmé, « l'interrogatoire devant le Sanhédrin, l'interrogatoire devant Pilate, à supposer qu'ils aient eu lieu exactement dans cet ordre-là et de cette façon-là, n'ont eu aucun témoin chrétien… Donc tout au plus peut-on admettre que c'est par ouï-dire qu'on a restitué le déroulement de l'épisode. On a voulu rendre le récit cohérent et compréhensible »…

« Il ne faut pas lire les Évangiles comme on lit des articles de journaux, commente Pierre Grelot. Ce n'est pas un enregistrement sur le vif de la conversation entre Jésus et Pilate. La comparution de Jésus devant Pilate est reconstituée par Jean dans son style propre suivant l'intention de ce qu'il veut faire comprendre. Le problème est de faire comprendre en quoi consiste la royauté de Jésus. »

En effet, chez Marc, Matthieu et Luc, Pilate demande à Jésus simplement : « Es-tu le Roi des Juifs ? » et Jésus répond aussitôt : « Tu le dis. »

Chez Jean, la question de Pilate est exactement la même, tout comme la réponse affirmative de Jésus. Mais entre les deux vient s'insérer ce grand morceau de littérature qu'est le dialogue avec Pilate.

« C'est un procédé littéraire tout à fait typique, note Marie-Émile Boismard, auquel a recours l'évangéliste pour faire un ajout dans le corps du récit. Le dialogue ici, à mon avis, n'est pas vraisemblable. C'est une glose que Jean ajoute pour indiquer que le motif d'accusation des Romains n'était pas politique : le royaume de Jésus ne s'oppose pas à l'empire puisque Jésus l'affirme à Pilate : "Mon royaume n'est pas de ce monde." Donc, Pilate reconnaît : "Il n'y a aucune faute dans cet homme." Par trois fois… Même, sans parler d'invraisemblance, c'est une insertion purement théologique. »

Les sept excuses

Mais chez Jean, ce dialogue, si essentiel soit-il, n'est qu'un épisode du procès.

Il s'agit pour Jean de faire de Pilate un intermédiaire entre l'accusé qu'il questionne dans son prétoire et les Grands Prêtres demeurés à l'extérieur (« pour ne pas se souiller et pouvoir manger la Pâque »), auxquels il va rendre compte de l'évolution de son interrogatoire.

D'évidence, il s'agit d'une composition fortement dramatisée, découpée en sept sections. Sept tableaux au cours desquels Pilate apparaît tantôt à l'intérieur, tantôt à l'extérieur de son tribunal, comme une mise en scène à proprement parler, qui vise moins à innocenter Jésus que Pilate…

C'est en effet sept excuses qui sont opposées par le gouverneur romain aux accusateurs juifs, comme s'il plaidait devant eux l'affaire Jésus. Il argumente ainsi tour à tour :

– l'irrecevabilité au regard du droit romain : « Jugez-le vous-même » dit-il aux Grands Prêtres ;

– le non-lieu : « Je ne trouve aucun motif de condamnation » ;

– l'amnistie : « C'est pour vous une coutume que je vous relâche quelqu'un pendant la Pâque » ;

– la déqualification de la peine, donc du châtiment : Jésus est flagellé, pour lui éviter d'être crucifié ;

– le transfert de juridiction : « Prenez-le vous-mêmes et crucifiez-le car moi je ne trouve en lui aucun motif » ;

– l'incompétence territoriale : « D'où es-tu ? » ;
– la grâce : « Dès lors Pilate cherchait à le relâcher. »

Ce n'est qu'à bout d'arguments, selon Jean, que Pilate doit se rendre à ses adversaires et livrer Jésus, comme s'ils étaient victimes l'un et l'autre de la raison d'État.

Le comble est même que cette raison d'État est formulée par les chefs juifs. « ... "Crucifierai-je votre roi ?" demande Pilate. Et les Grands Prêtres répondent : "Nous n'avons d'autre roi que César." »

« Les auteurs chrétiens, remarque Gerd Theissen, s'accommodent du fait que Pilate apparaisse pourtant sous un jour très noir. Plus il prouve l'innocence de Jésus, plus il apparaît comme un juge qui, délibérément, prend des libertés avec la justice et fait exécuter un homme qu'il sait innocent. Ce qui est ce qu'un juge peut faire de plus grave. »

Ce à quoi Hyam Maccoby réplique : « C'est seulement assez récemment que les gens ont vu dans le Ponce Pilate des Évangiles, un être blâmable, parce qu'il ne s'affirmait pas suffisamment, qu'il était faible. Mais je ne crois pas que cela soit le point de vue des Évangiles. Si vous les lisez attentivement, vous ne trouverez pas un seul mot de reproche envers Pilate. Il est représenté comme un brave type, qui aime Jésus et qui ne voit pas pourquoi il serait exécuté. S'il accepte de le faire crucifier, c'est contraint par un chantage des chefs juifs. »

« Un Juif fou »

Pour Jean-Pierre Lémonon, « on sent dans ces textes une responsabilité historique, une responsabilité judiciaire qui n'intéresse pas tellement les milieux chrétiens. Ce qu'ils veulent montrer c'est, selon eux, et j'insiste bien sur ce terme "selon eux", où est la véritable responsabilité. Et, dans le fond, ils font apparaître Pilate comme un avocat plus qu'un juge ou que le gouverneur qui va décider ».

Mais pourquoi lui fait-on jouer ce rôle ?

« C'est évidemment une façon de montrer que ce procurateur a eu la main forcée par les Juifs, dit Pierre Geoltrain. Il n'est pas responsable, il s'en lave les mains. Pilate n'a été qu'un instrument : on lui livre quelqu'un, on lui dit qu'il est coupable, lui ne le trouve pas coupable, mais enfin, maintien de l'ordre oblige, il se résout à le faire exécuter. »

Fait révélateur, d'un Évangile à l'autre, le rôle du préfet romain évolue :

– dans Marc, réputé le plus ancien, la responsabilité est plus ou moins partagée par Pilate et les chefs juifs ;

– dans Matthieu, Pilate se lave les mains de toute l'affaire. Sa femme lui conseille de se tenir éloigné de ce Juste ;

– dans Luc, Pilate prend conscience du problème qui se pose et finit par déclarer Jésus innocent ;

– dans la rédaction la plus tardive de l'Évangile selon Jean, Pilate non seulement déclare par trois fois que Jésus est innocent, mais il cherche à le libérer.

Comme l'analyse Joseph Fitzmyer, « on peut voir là une évolution, une sorte de développement. Autrement dit, la responsabilité est de plus en plus attribuée aux Juifs, ou aux chefs juifs, et de moins en moins à Pilate. Pour quelle raison ? Je crois que les chrétiens ont réalisé qu'ils devaient se rapprocher des Romains ».

Les textes eux-mêmes, leurs éléments de convergence, permettent peut-être de reconstruire le noyau de base à partir duquel chaque récit a été élaboré :

– dans un premier temps, Pilate aurait bien demandé à Jésus s'il était le roi des Juifs ;

– Jésus (comme il est dit plus tard explicitement, mais à propos des accusations juives) n'aurait rien répondu.

« Si vous me demandez d'imaginer le dialogue entre Pilate et Jésus, dit Hyam Maccoby, je l'imagine très différent du récit des Évangiles, où Pilate est très amical envers Jésus, il ne lui fait aucun mal, etc. Non, en réalité Pilate aurait dit : "Le Grand Prêtre porte une accusation contre toi, il dit que tu prétends être le roi des Juifs. Sais-tu que tu encours la peine de mort en proclamant cela ?" Jésus peut-être n'aurait pas pu répondre, ou, s'il avait répondu, il aurait dit qu'il agissait sous l'autorité de Dieu, qu'il devait se proclamer le Roi des Juifs pour accomplir les prophéties de Zacharie et d'Isaïe. Et Pilate aurait simplement dit : "Cet homme est un Juif fou !" ».

Sur cette base, qui affleure toujours dans le texte lui-même, chaque Évangile aurait fait de la comparution devant Pilate un coup de théâtre : paradoxalement, Jésus et Pilate deviennent les seuls protagonistes du récit de la Passion, sinon à se comprendre, du moins à s'entendre.

Et leur terrain d'entente n'est rien de moins que l'affirmation que Jésus, envers et contre tous, est bien « Roi des juifs », et que cette royauté est sans danger pour Rome.

Cette construction très sophistiquée a probablement pour point de départ historique le fait que Jésus a été accusé d'être « Roi des Juifs ».

Rappelons que ce sont également les termes de l'inscription placée sur la croix ou auprès du condamné dans les quatre récits de crucifixion. « Roi des Juifs » : là est probablement l'une des données avec laquelle il a fallu, dans tous les sens du mot, composer. Étienne Trocmé parlait de « monstruosité juridique » à propos du procès. C'est que les visées des évangélistes étaient tout autre que judiciaires.

Il y a donc, pour les évangélistes, deux points incontournables qui sont aussi deux points terriblement problématiques :

– Jésus n'a pas été lapidé par les Juifs, mais crucifié par les Romains ;

– Jésus a été exécuté en tant que « Roi des Juifs ».

Tout le procès devant Pilate apparaît donc comme l'occasion d'encadrer ces deux points, de justifier cette condamnation, cette exécution, quitte à retourner l'ensemble des données et à faire, par exemple, que ce soient les Romains qui attribuent à Jésus le titre de « Roi des Juifs » dans un sens strictement religieux…

Nous sommes, en fait, au centre d'un jeu de miroirs où l'ensemble des contradictions démultiplie les figures à l'infini, nous empêchant d'en saisir nettement une seule. C'est la force même des Évangiles, d'avancer sans cesse chargés de ces contradictions ; de ne jamais tenter de les aplanir, au contraire, d'user d'elles comme d'autant d'armes différentes contre ceux qui les contestent. La figure du préfet romain, par exemple, aurait-elle, elle aussi, été entièrement reconstruite en dehors de l'Histoire ?

Ponce Pilate

Le nom de Ponce Pilate a été retrouvé gravé sur une pierre lors de fouilles effectuées dans le théâtre antique de Césarée, par des archéologues italiens, en 1961.

La pierre mesure à peu près quatre-vingts centimètres de hauteur, soixante centimètres de large, vingt centimètres d'épaisseur. Sur la première ligne on peut lire facilement : ...S TIBERIEVM (Tibère).

Sur la deuxième :... NTIVS PILATVS (Ponce Pilate).

Sur la troisième : ... ECTVS IVDA. E (préfet de Judée).

Cette pierre atteste donc formellement la présence de Pilate en Palestine au titre de « préfet de Judée », ce qui fait difficulté par rapport aux Évangiles où Pilate apparaît de façon anachronique comme procurateur. Il n'y aura de procurateurs qu'à partir de l'empereur Claude, vers 50 de notre ère...

Cette pierre montre aussi la façon dont Pilate, vraisemblablement; cherchait à honorer l'empereur Tibère en lui dédiant un monument…

« La force des empereurs, souligne Jean-Pierre Lémonon, c'est d'avoir voulu respecter les peuples soumis pour les attacher à Rome. Pilate doit maintenir l'ordre en Judée. On lui demande des comptes à la cour impériale, il n'a pas une liberté totale. Alors que ce qu'il voudrait, c'est imposer le pouvoir romain comme il l'entend. »

Il semble y être parvenu, comme le montre sa remarquable longévité politique dans la province de Judée.

Dans les *Antiquités juives*, Flavius Josèphe indique que Pilate fut en poste de 26 à 36 de notre ère… Il est intéressant de noter que Caïphe fut Grand Prêtre pendant la même période (de 18 à 35) et qu'Hérode fut tétrarque de Galilée (de - 4 à 39). C'est-à-dire que la carrière de ces trois hommes présents dans les Évangiles fut étroitement liée puisqu'il y a de fortes raisons de penser que le rappel à Rome de Pilate en 36 n'est pas sans rapport avec la destitution de Caïphe puis celle d'Hérode qui n'avaient plus sur place leur principal allié…

« On sait par le portrait que font à la fois Philon *(Legatio ad Caïum)* et Flavius Josèphe (les *Antiquités juives* et *La Guerre des Juifs)* que Pilate n'a pas du tout eu cette attitude politique que lui prêtent les Évangiles, rappelle Daniel Marguerat. Les Évangiles ont fortement embelli son portrait, en particulier pour décharger la responsabilité de l'autorité impériale dans la mort de Jésus et pour en charger plutôt les instances juives. Ponce Pilate était un homme retors, c'est un homme roué. C'était un politicien craintif, donc soupçonneux – donc dangereux –, et dès lors toute tentative de rébellion était immédiatement réprimée par lui avec une certaine férocité. »

Plusieurs fois, Pilate provoquera de graves incidents avec la population, comme en témoigne Flavius Josèphe.

Ainsi, dans les *Antiquités juives*, on peut lire : « Pilate, le gouverneur de la Judée, ayant amené de Césarée une troupe et l'ayant installée à Jérusalem pour qu'elle y prît ses quartiers d'hiver, se proposa de faire disparaître les traditions juives en introduisant dans la ville les portraits de César qui étaient fixés sur les enseignes, alors que la Loi nous interdit la confection des images. Et c'est pourquoi les gouverneurs qui l'avaient précédé faisaient leur entrée dans la ville avec des enseignes dépourvues de ces ornements. Or Pilate, le premier, à l'insu des gens, parce que son entrée s'était faite la nuit, apporte à Jérusalem ces images et les y installe. Lorsque les Juifs s'en aperçurent, ils allèrent en masse à Césarée et se mirent à supplier Pilate durant plusieurs jours de déplacer les images. Comme celui-ci n'y consentait pas, prétextant que ce serait porter atteinte à l'honneur de César, et parce que les Juifs ne cessaient pas de l'importuner, le sixième jour, ayant sans qu'on s'en aperçût posté sa troupe en armes, il vint lui-même à son tribunal. Ce dernier avait été aménagé dans le stade où précisément se cachaient les soldats en embuscade. Et, comme les Juifs reprenaient leurs supplications, il les fit, sur un signal convenu, entourer par les soldats en embuscade, en menaçant de les punir immédiatement par la mort, s'ils ne cessaient pas de le déranger et ne s'en retournaient pas chez eux. Mais eux, s'étant jetés à terre et découvrant leurs gorges, disaient accueillir la mort avec plaisir plutôt que risquer de voir transgresser la sagesse de leurs lois. Alors Pilate, étonné de leur fermeté dans l'observation de leurs lois, fit reporter sur-le-champ les images de Jérusalem à Césarée. »

Après cet épisode des « effigies de l'Empereur », l'affaire de l'aqueduc fit, elle aussi, grand bruit : « Pilate fit faire une adduction d'eau jusqu'à Jérusalem aux frais du trésor sacré, le départ de la conduite ayant été fixé à environ 200 stades. Les Juifs n'étaient pas satisfaits de ces travaux concernant l'eau : plusieurs dizaines de milliers d'hommes se réunirent et se mirent à réclamer à grands cris à Pilate, le promoteur de cette entreprise, qu'il arrêtât les travaux, certains même, recourant à l'insulte, injuriaient sa personne, comme la populace aime le faire. Mais lui, ayant fait venir un grand nombre de soldats habillés des matraques, leurs prescrivit d'entourer les Juifs, et lui-même les invita à se retirer. Mais ceux-ci s'étant précipités vers lui pour l'insulter, il donne aux soldats le signal qui avait été convenu. Ces derniers usèrent des coups beaucoup plus que Pilate ne l'avait prescrit, châtiant également les fauteurs de trouble et ceux qui ne l'étaient pas. Les Juifs ne manifestaient aucune faiblesse, en sorte que, surpris sans armes par des hommes qui les attaquaient avec préméditation, beaucoup d'entre eux moururent sur place et les autres s'en allèrent avec des blessures. Ainsi prend fin la sédition. »

Enfin, le massacre de pèlerins samaritains valut à Pilate d'être renvoyé à Rome sur ordre du légat de Syrie, Vitellius.

« Le peuple des Samaritains ne fut pas non plus exempt de trouble ; en effet, un homme se met à les rassembler, qui considérait le mensonge comme sans importance et usait de toutes sortes de manœuvres pour plaire au peuple : il leur enjoint de se réunir avec lui sur le mont Garizim, ce lieu qui est considéré par eux comme la plus sainte des montagnes ; il soutenait qu'il leur montrerait, quand ils seraient là, les vases sacrés de Moïse, enfouis en cet endroit, car celui-ci en avait constitué là-même un dépôt. Ceux qui tenaient cette parole pour plausible s'étaient armés et installés dans un certain village appelé Tirathana, y accueillant ceux qu'on réunissait avec eux, afin de faire en grand nombre l'ascension de la montagne. Mais Pilate les prévient en faisant occuper d'avance leur chemin d'accès (au Garizim) par un détachement de cavaliers et de fantassins ; ces derniers entourèrent les hommes entassés dans le village, et un combat s'étant engagé, tuèrent les uns, mirent en fuite les autres et en emmenèrent beaucoup prisonniers, parmi lesquels Pilate fit tuer les principaux chefs et les plus influents de ceux qui avaient fui. »

Le fait que le portrait de Pilate chez les historiens ne coïncide pas avec celui des Évangiles ne doit pas pour autant nous faire conclure hâtivement que celui-ci serait plus « historique » que celui-là. L'un et l'autre ne sont tracés que sur la base d'*a priori* qui gouvernent le texte. Et, après tout, la lecture de Flavius Josèphe ou de Philon d'Alexandrie pourrait être analysée (hors *a priori)* comme décrivant la lutte d'un colonisateur de bonne foi contre une population impossible à moderniser, enfermée dans un intégrisme, ruinant par avance toutes les initiatives en sa direction.

Encore une fois, il n'y a pas des textes qui disent vrai et d'autres qui mentent...

Les uns et les autres n'ont pas les mêmes objectifs, pas les mêmes ambitions et ne s'adressent pas aux mêmes lecteurs.

Comme l'écrivait Jean-Pierre Lémonon en conclusion de son livre sur Pilate, « ce préfet a laissé un mauvais souvenir en Judée. Plusieurs décennies après son gouverneur, Josèphe peut rapporter d'une façon détaillée des incidents auxquels Pilate a été mêlé alors qu'il ne peut rien dire de précis sur le gouverneur de ses prédécesseurs ou de ses successeurs immédiats. L'homme n'a pas été oublié, mais on n'a guère eu à retenir de lui que son ignorance de la sensibilité juive. La critique historique des différents textes permet de retrouver entre eux une convergence suffisante.

Pilate a souvent été noirci par les historiens et exégètes modernes ; le replacer dans son cadre de vie et situer les épisodes de son gouverneur dans leur véritable perspective obligent à une vue plus nuancée. Ce gouverneur n'avait sans doute rien de grand, il a rempli sa charge avec maladresse, mais n'a pas cherché à humilier les Judéens, il a plutôt désiré qu'ils se comportassent comme les autres provinciaux de l'Empire. Pilate, gouverneur de Judée, n'avait pas la finesse d'un Vitellius ou d'un Pétronius, gouverneurs de Syrie, qui, à la même époque, ont su comprendre les problèmes juifs, mais, de plus, il était chaque jour aux prises avec des exigences juives qui lui apparaissent comme une limitation du pouvoir romain et une mésestime de son propre pouvoir de gouverneur ».

Le refrain des Évangiles

La fin de Pilate nous est inconnue. Nous savons qu'il arriva à Rome après la mort de Tibère, survenue le 17 mars 37, puis il disparut de l'Histoire…

Il ne disparaît par pour autant des textes puisque, sous son nom, une polémique très virulente va avoir lieu jusqu'au IVe siècle.

On met sur le compte de Pilate la rédaction d'un compte rendu officiel lors du procès de Jésus de Nazareth, qu'il s'agisse d'« Actes » rédigés par un greffier ou d'un rapport adressé par lui à l'empereur.

Mais les uns sont d'inspiration chrétienne et développent l'argumentaire d'un Pilate acquis à la cause de Jésus, tandis que d'autres « Actes de Pilate » vont circuler et être largement diffusés dans l'Empire : tout au contraire, ils sont eux issus des milieux païens de Rome et développent une polémique violemment hostile au christianisme.

La figure de Pilate est devenue l'enjeu d'un débat où la politique et la théologie se confondent. Mais ce débat a lieu bien après la mort de Jésus – même s'il a commencé depuis le moment où les chrétiens, Juifs séparés de la synagogue, ont cherché à séduire les Romains malgré les obstacles dressés entre eux par la crucifixion de leur maître.

Comme le raconte Daniel Schwartz, « imaginez que vous êtes un missionnaire chrétien qui prêche au coin d'une rue à Rome en 80 ou 90, quand les Évangiles sont écrits... Vous tentez de convaincre les gens de croire en Jésus : c'est un grand faiseur de miracles, il est le Fils de Dieu. Quelqu'un vous demande : "Cela a l'air merveilleux, où est-il ?"

Vous répondez : "Il est mort."

"Il est mort de maladie ?"

"Non, il a été exécuté par un gouverneur romain."

Si vous n'expliquez pas immédiatement que cela n'aurait pas dû se produire (ou que cela devait se produire, mais que le gouverneur romain qui l'a fait ne représentait pas vraiment Rome), vous risquez des ennuis parce que vous incitez les gens à servir la cause d'un criminel ».

Vénérant un criminel politique, les chrétiens étaient, eux aussi, soupçonnés d'être des criminels politiques. Ils devaient donc, d'une part, se laver de ce soupçon et, d'autre part, exonérer les Romains de la responsabilité de la mort de Jésus.

Comme l'explique Charles Perrot, « nous sommes là après les années 64, l'incendie de Rome, dans les années 70, 80, 90 où ces premières communautés se dispersent dans tout le monde méditerranéen… Ces communautés se distancient progressivement des autres synagogues. On arrive mieux, maintenant, à distinguer un Juif d'un judéo-chrétien, d'un chrétien d'origine juive, ou, *a fortiori*, d'un Héléno-chrétien, c'est-à-dire un chrétien qui n'était pas d'origine juive. Ces communautés arrivent mieux à se distinguer. Dans cette ambiance-là, les communautés chrétiennes ont surtout besoin de paix et donc que les autorités civiles, les autorités romaines, ne soient pas trop dures à leur endroit… Par ailleurs, dans la tradition chrétienne, il y a eu, il faut savoir le reconnaître, une certaine tendance à accentuer la responsabilité juive. D'abord des autorités juives, puis sans faire de quartier, tout le monde juif ».

Sous ce retournement d'alliance, il y a comme un retournement de l'Histoire.

Objectivement, les auteurs des Évangiles veulent en appeler aux Romains, constate Hyam Maccoby : « Nous, auteurs des Évangiles, voulons dire ne nous punissez pas, ne nous persécutez pas en tant que Juifs, nous ne sommes pas Juifs, les chrétiens ne sont pas des Juifs. » Il ajoute : « On pourrait dire que c'est le refrain des Évangiles. Le message a fini par passer auprès des Romains puisque le christianisme est devenu la religion officielle de l'Empire. Donc la campagne qui avait commencé dans les Évangiles est l'une des campagnes les plus réussies de l'Histoire.»

Moins de trois siècles auront suffi pour que s'effectue cet incroyable renversement.

Glossaire

APOCRYPHE : du grec, « *soustrait au regard* », « *caché* », « *secret* ». Le terme qualifie les écrits religieux non reconnus par les canons de l'Ancien et du Nouveau Testament. Il existe des évangiles apocryphes, des actes apocryphes, des apocalypses apocryphes... qui s'opposent aux textes canoniques.

CANONIQUE : quasiment fixé à la fin du IVe siècle, le canon est la liste officiellement admise des Écritures chrétiennes. Le Nouveau Testament est constitué de vingt-sept livres canoniques.

CORPUS : selon Bernard Dubourg, « agrégat de textes tendant à prendre l'aspect d'un tout cohérent ».

DEUTÉRONOME : de l'hébreu « *seconde loi* », il est le dernier livre du Pentateuque, c'est-à-dire de la loi hébraïque, la Torah. C'est un code religieux.

DOCÈTE : du grec « *sembler* »; les docètes défendaient l'idée que Jésus n'était qu'un être spirituel ; qu'il n'avait été crucifié qu'en image.

ÉCRITURE : on appelle « Écriture », d'un point de vue chrétien, les textes de la Bible hébraïque ; dans le Nouveau Testament, l'Écriture, « ce qui est écrit », constitue la référence fondamentale.

ÉVANGILE : du mot grec « *bonne nouvelle* », il devient après le IIe siècle la façon de désigner le genre littéraire qui met en scène sous la forme d'un récit l'annonce de cette « bonne nouvelle », c'est-à-dire la vie et la mort de Jésus-Christ.

EXÉGÈSE : du mot grec signifiant « *explication* », il indique la recherche du sens d'un texte. Les exégètes sont ceux qui se consacrent à ce travail. L'usage du mot est quasiment limité à l'étude de l'Ancien et du Nouveau Testament.

EXODE : désigne la migration que plusieurs tribus juives firent d'Égypte en Canaan, au XIIe siècle avant notre ère. Le deuxième livre du Pentateuque porte ce nom.

GNOSE : doctrine philosophico-religieuse, née avant notre ère chrétienne, proposant une « connaissance révélée » (*gnosis*, en grec) supérieure et ésotérique des mystères de Dieu, de l'homme et du monde. Les gnostiques seront un courant de pensée très puissant, y compris dans certains courants du christianisme primitif qui refusent la réalité de l'incarnation de Jésus…

MISHNA : du mot hébreu « *répétition* », il désigne la partie la plus ancienne du Talmud, mise par écrit au IIe siècle de notre ère.

PENTATEUQUE : cinq premiers livres de la Bible (Genèse, Exode, Lévitique, Nombres, Deutéronome) constituant pour les Juifs la Loi par excellence, la Torah.

PÈRES DE L'ÉGLISE : écrivains chrétiens de langue grecque ou latine qui, de la fin du Ier au VIe siècle, ont explicité la doctrine chrétienne. La « patristique » est l'ensemble de leurs œuvres.

RECENSION : forme – fidèle ou non – donnée à un texte ancien par un copiste ou un éditeur postérieur.

SANHÉDRIN : assemblée juive de soixante et onze membres ; il fonctionne jusqu'à la destruction du Temple en 70 comme l'autorité suprême en matière religieuse et politique. Le Sanhédrin siège dans le Temple de Jérusalem.

SEPTANTE : nom donné à la traduction grecque de la Bible hébraïque (IIIe-IIe siècle avant J.-C.) que la légende attribuait à soixante-dix (ou soixante-douze) Juifs d'Alexandrie.

SHABBAT ou **SABBAT** : repos hebdomadaire (du vendredi soir au samedi soir) que la Loi impose aux Juifs pour le consacrer à Dieu.

SYNOPTIQUES : qualificatif des Évangiles de Matthieu, Marc et Luc, qui se prêtent, par leurs nombreuses similitudes, à la mise en parallèle des textes traitant du même thème, et qui permettent leur comparaison « d'un seul regard » (en grec, *sunopsis*). De ce fait, les synoptiques diffèrent du quatrième Évangile, l'Évangile de Jean, dont le récit est composé très différemment.

TALMUD : ensemble de la loi juive orale, mise par écrit par les rabbins. On distingue le Talmud de Jérusalem (IVe siècle de notre ère) et le Talmud de Babylone (Ve siècle de notre ère), plus complet.

TORAH : codification écrite de la Loi juive, attribuée à Moïse et transmise par le Pentateuque, c'est-à-dire les Livres de la Bible suivants : la Genèse, l'Exode, le Lévitique, les Nombres et le Deutéronome.

TRADITION : histoire d'un texte depuis les matériaux primitifs jusqu'à la forme littéraire connue aujourd'hui.

VARIANTE : états différents d'un même texte dont on retrouve à travers les manuscrits, les citations, les traductions, des attestations différentes. Il en existe environ cent mille pour le Nouveau Testament

Chronologie

env. - 1000	Royaume d'Israël fondé par David.
env. - 930	Séparation du Royaume du Sud (Juda) et du Royaume du Nord (Israël).
- 720	Invasion par les Assyriens du royaume d'Israël.
- 590	Prise de Jérusalem et de Juda par les Babyloniens.
- 166	Soulèvement des Macchabées.
- 63	Prise de Jérusalem par Pompée.
- 4	Mort d'Hérode le Grand, roi des Juifs, et division de son royaume.
0	Point théorique du début de l'ère chrétienne.
4	Hérode Antipas devient tétrarque de Galilée (jusqu'en 39).
6	La Judée et la Samarie deviennent provinces romaines sous administration directe. Soulèvement de Judas le Galiléen.
14	Tibère, empereur jusqu'en 37.
18	Caïphe, Grand Prêtre du Temple de Jérusalem jusqu'en 36.
26	Ponce Pilate, préfet de Judée jusqu'en 36.
vers 30	Mort de Jésus ?
37	Caligula, empereur.
41 ou 49	Décret de Claude expulsant les Juifs de Rome.
env. 55	Première Épître aux Corinthiens de Paul.
54	Néron, empereur.
62	Lapidation de Jacques, frère de Jésus.
66 - 70	Révolte juive et destruction du Temple. Prise de Jérusalem par les Romains.
73	Chute de Massada.
132 - 135	Seconde révolte juive sous la conduite de Simon Bar Koshba.
env. 134	Jérusalem devient Ælia Capitolina et est interdite aux Juifs
env. 135	Papyrus Ryland – fragment le plus ancien d'un Évangile jamais découvert.
env.175	Papyrus Bodmer – exemplaire le plus ancien d'une copie presque complète de l'Évangile de Jean.
env. 325	L'empereur Constantin se convertit au christianisme.

Repères historiques

Hérode Ier ou Hérode le Grand : fondateur de la dynastie hérodienne qui collabore avec les Romains, il se fait proclamer roi et se maintient au pouvoir de 37 à 4 avant J.-C. C'est sous son règne qu'est située traditionnellement la naissance de Jésus.
Hérode Antipas (ou Hérode dans les récits de la vie publique de Jésus) : tétrarque de Galilée de 4 avant J.-C. à 39 après J.-C.
Hérode Agrippa : petit-fils d'Hérode Ier, il reconstitua pour une brève période (41 - 44 après J.-C.) le royaume de son grand-père, grâce à l'appui des empereurs Caligula et Claude.
Archelaüs (Hérode) : fils d'Hérode Ier, il avait reçu à la mort de son père (4 avant J.-C.) le gouvernement de la Judée, de la Samarie et de l'Idumée, mais fut déposé par Auguste (6 après J.-C.) et la Judée passa sous la tutelle directe de Rome.
Hérode Philippe Ier : appelé simplement Philippe dans les Évangiles : un des fils d'Hérode Ier, tétrarque des régions transjordaniennes (4 avant J.-C. - 34 après J.-C.).
Hérodien : désigne la dynastie originaire d'Idumée dont les membres ont gouverné tout ou partie de la Palestine, sous des titres divers, de 47 avant J.-C. à la prise de Jérusalem par Titus (70 après J.-C.).
Ponce Pilate : préfet de Judée de 26 à 36 après J.-C. Sa présence en Palestine est attestée autant dans les œuvres de Flavius Josèphe et de Philon d'Alexandrie que par une pierre portant son nom découverte à Césarée.
Prêtre (Grand Prêtre) : dans la religion judaïque, membre d'une des familles sacerdotales responsables du service cultuel

au Temple ; dans les Évangiles, il est fait mention d'Ann (Grand Prêtre de 6 à 15) et de son beau-fils (?) Caïphe (Grand Prêtre de 18 à 35).

Pharisien : parti religieux-laïc opposé au pouvoir des Sadducéens. Après la chute du Temple, les Pharisiens seront ceux qui reconstruiront le judaïsme pour lui donner la forme que nous lui connaissons aujourd'hui.

Qumrân : site archéologique au nord-est de la mer Morte où l'on a mis au jour, à partir de 1947, un ensemble de bâtiments de type monastique ayant abrité une communauté. Ceux-ci semblent avoir été violemment détruits au cours de la révolte juive de 66 - 70 après J.-C. On y a retrouvé de nombreux manuscrits bibliques et sectaires datant de cette époque.

Samaritain : communauté juive dissidente dont la rupture avec le judaïsme date de 925 av. J.-C. environ. Leur temple, rival de celui de Jérusalem, est situé sur le mont de Garizim.

Saducéen : secte juive dont les membres appartenaient surtout à l'aristocratie sacerdotale et jouaient un rôle politique important.

Temple : le premier Temple a été édifié au temps de Salomon (Xe siècle avant J.-C.) et détruit par les Babyloniens. Le Temple du temps de Jésus est le second rebâti au retour d'exil (VIe siècle) et considérablement aménagé et enrichi par Hérode le Grand à partir de l'an - 20. Sa destruction au cours de la prise de Jérusalem par Titus (70 après J.-C.) marque l'écrasement de la première révolte juive.

Zélote : parti juif religieux politique fondé par Judas le Galiléen en vue de s'opposer au recensement de Quirinius. Les zélotes menèrent une lutte à la fois contre les Romains et contre les Juifs soupçonnés de collaborer avec eux par manque de zèle envers Dieu.

Bio-bibliographies des participants

- **Christian-Bernard Amphoux** est spécialiste de l'histoire du texte et de la langue du Nouveau Testament. Chercheur au CNRS, il dirige le Centre de recherches textuelles Jean-Duplacy à Lunel-Montpellier. Il a notamment publié, avec Léon Vaganay, *Initiation à la critique textuelle du Nouveau Testament* (Cerf, 1986), ainsi que *La Parole qui devint Évangile* (Éditions du Seuil, 1993) et *L'Évangile selon Matthieu, Codex de Bèze* (Le Bois d'Orion, 1996).
- **Moshe Bar-Ascher**, linguiste, enseigne à l'Université de Jérusalem. Il est président de l'Académie des langues hébraïques d'Israël. Il a publié de nombreux articles sur les langues sémitiques, leur histoire, leur grammaire. Parmi ses livres, citons : *Palestinian and Grammatical Problems* (1977), *The Tradition of Michnaic Hebrew in the Communities of Italy* (1980).
- **Marie-Émile Boismard** travaille depuis de nombreuses années à l'École biblique et archéologique de Jérusalem. Spécialiste de l'Évangile de Jean, il a édité les trois tomes de la *Synopse des Évangiles* (en collaboration avec P. Benoît et A. Lamouille). Cet ouvrage de référence a également été traduit à travers le monde. Ses recherches concernent principalement la critique textuelle comme en témoignent *La Vie des Évangiles*, avec A. Lamouille (Cerf, 1980) et surtout *Moïse ou Jésus* (Leuven University Press, 1988). Il est également l'auteur de *Faut-il encore parler de « résurrection » ?* (Cerf, 1995) et de *À l'aube du christianisme, avant la naissance des dogmes* (Cerf, 1998).
- **Alan Culpepper** (Mercer University, Atlanta), spécialiste de l'Évangile de Jean du point de vue de la critique narrative, a

notamment publié aux États-Unis *Anatomy of the Fourth Gospel, A Study in Literary Design* (1983), *The Johannine School* (1975), *John the Son of Zebedee : the Life of a Legend* (1994).

- **Joseph A. Fitzmyer**, jésuite, est professeur émérite de l'Université catholique d'Amérique à Washington. Spécialiste de l'Évangile de Luc, sur lequel il a publié un vaste commentaire, il l'est aussi des questions touchant aux origines sémitiques des textes évangéliques, notamment son substrat araméen. Il a publié de très nombreux livres, parmi lesquels *Essays on the Semitic Background of the Nex Testament, The Dead Sea Scrolls, The Gospel according to Luke, The Gospel according to Paul...*
- **Ennio Floris**, originaire de Cagliari (Sardaigne), est docteur en théologie de l'Angelicum de Rome et docteur en philosophie de l'université de Paris. Il est l'auteur de *Sous le Christ, Jésus* (Flammarion, 1987) où il développe sa méthode d'analyse référentielle des Évangiles. Il prépare actuellement un essai sur Judas.
- **Sean Freyne** est professeur de théologie au Département d'Études hébraïques, bibliques et théologiques du Trinity College de l'université de Dublin et membre du comité de rédaction de la revue internationale *Concilium*. C'est un spécialiste de l'histoire sociale et politique de la Galilée au Ier siècle, à laquelle ont été consacrées la plupart de ses publications.
- **Pierre Geoltrain**, directeur d'études à l'École pratique des hautes études (Paris), est spécialiste de l'histoire des idées et des origines du christianisme. Il a dirigé, avec François Bovon, l'édition des *Écrits apocryphes chrétiens* pour la Bibliothèque de La Pléiade chez Gallimard (1997).
- **Christian Grappe**, maître de conférences à la Faculté de théologie protestante de l'université des Sciences humaines de Strasbourg, a publié aux Presses universitaires de France *D'un Temple à l'autre* (1992) et *Images de Pierre aux deux premiers siècles* (1995). Il travaille principalement sur le premier christianisme de l'Église de Jérusalem.
- **Pierre Grelot**, professeur honoraire à l'Institut catholique de Paris (École des langues orientales anciennes et Faculté de théologie).

a été membre de la Commission biblique pontificale. Auteur de nombreuses participations à des encyclopédies et volumes collectifs ainsi que de plus d'une vingtaine d'ouvrages d'exégèse et de théologie biblique (dernièrement : *La Tradition apostolique, Réponse à Eugène Drewermann, Dieu le Père de Jésus-Christ, Les Juifs dans l'Évangile selon Jean)*, il est également un des grands spécialistes de l'araméen du Nouveau Testament – citons notamment *L'Origine des Évangiles, Controverse avec Jean Carmignac* (Cerf, 1986). Il vient de publier les deux tomes de *Jésus de Nazareth, Christ et Seigneur* (Cerf, 1997-1998).

◆ **Martin Hengel**, professeur émérite de Nouveau Testament et d'Antiquités juives à l'université de Tübingen. Depuis son classique *Die Zeloten* (1961), ses livres sont traduits en neuf langues. Citons : *La Crucifixion dans l'Antiquité* (Cerf, 1981) et dernièrement *The Prechristian Paul* (1991), *Judaïca et Hellenistica* (1996), *Paul between Damascus and Antioch* (1997).

◆ **Éric Junod**, actuellement recteur de l'université de Lausanne, enseigne l'histoire du christianisme à la Faculté de théologie. Spécialiste du christianisme primitif, ses publications concernent principalement Origène, Philon d'Alexandrie et les apocryphes du Nouveau Testament comme *L'Évangile de Pierre* dont il a assuré une nouvelle édition commentée pour La Pléiade (Gallimard).

◆ **Jean-Pierre Lemonon**, professeur d'exégèse néo-testamentaire et d'histoire du Ier siècle à la Faculté de théologie de l'Université catholique de Lyon dont il a été le doyen (1985-1991), est l'auteur de l'ouvrage de référence sur Ponce Pilate, *Pilate et le gouvernement de Judée* (Gabalda, 1981) et récemment, avec J. Comby, de *Rome face à Jérusalem, regards des auteurs grecs et latins* (Cerf, 1992). Il a aussi publié *Le Monde où vivait Jésus* en collaboration avec H. Cousin et J. Massonnet (Cerf, 1997).

◆ **Malcom Lowe,** membre de l'Œcumenical Theological Research Fraternity en Israël, est également l'éditeur de la revue *Immanuel* et travaille tout particulièrement sur le dialogue chrétiens-Juifs à travers le Nouveau Testament.

◆ **Hyam Maccoby**, professeur au Leo Baeck College de Londres, a été rédacteur en chef de *The Jewish Quaterly*. Il a publié notamment *Revolution in Judaea (Jesus and the Jewish Resistance)* (1980), *Judas Iscariot and the Myth of Jewish Evil* (1992). Son dernier livre est *A Pariah People : the Anthropology of Antisemitism* (1996), traduit en français : *Paul et l'invention du christianisme* (Lieu commun, 1987).

- **Daniel Marguerat**, professeur de Nouveau Testament à l'université de Lausanne, où il travaille au sein de l'Institut des Sciences bibliques. À côté de livres destinés à un plus large public, notamment *L'Homme qui venait de Nazareth* (Éd. du Moulin, 1990), il dirige aux Éditions Labor et Fidès à Genève la collection « Le Monde de la Bible » où il a publié Oscar Cullmann, François Bovon, Jean Zumstein, Maurice Carrez, J.-D. Kaestli, François Vouga, Pierre Prigent et son *Jugement dans l'Évangile de Matthieu* (1981). Il vient de diriger *Le Déchirement. Juifs et chrétiens au Ier siècle* (Labor et Fidès, 1996).
- **Frans Neirynck,** professeur émérite de l'université de Louvain (Leuven), édite de nombreuses revues et est l'auteur d'un nombre considérable d'articles consacrés à l'étude du texte du Nouveau Testament. Notons, parmi son importante bibliographie, ses ouvrages les plus récents chez Leuven University Press : *Q-Synopsis : The Double Tradition Passages in Greek* (1988 et 1995), *The Minor Agreements in a Horizontal-Line Synopsis* (1991), *Evangelica II : 1982-1991* (1991), *The Gospel of Mark* A Cumulative Bibliography : 1950-1990 (1992). Trois volumes de *Mélanges* lui ont été consacrés en 1992. *The Four Gospels, Festschrift Frans Neirynck* (1992).
- **Étienne Nodet**, ancien élève de l'École polytechnique, dominicain de l'École biblique et archéologique française de Jérusalem, assure la traduction et l'édition commentée des *Antiquités juives* de Flavius Josèphe (sur les huit prévus, deux volumes sont parus aux éditions du Cerf). Après son *Essai sur les origines du judaïsme* chez le même éditeur, il a publié, en collaboration avec Justin Taylor, *Essai sur les origines du christianisme* (1997).
- **Enrico Norelli** enseigne à la Faculté autonome de théologie protestante de l'Université de Genève. Ses publications portent

principalement sur la littérature apocryphe, les apologistes, Marcion, Irénée de Lyon, les doctrines eschatologiques, le rapport avec le judaïsme et l'histoire de l'exégèse chrétienne ancienne. Il est l'auteur de plusieurs ouvrages sur *L'Ascension d'Isaïe* dont une édition traduite et commentée chez Brepols (1993) ainsi que pour La Pléiade (Gallimard, 1997). Avec Daniel Marguerat et J.-M. Posset, il a dirigé la publication du volume collectif *Jésus de Nazareth, nouvelles approches d'une énigme* (Labor et Fidès, 1998).

- **Charles Perrot,** professeur honoraire de l'Institut catholique de Paris, bibliste, spécialiste du judaïsme contemporain de Jésus, est, en particulier, l'auteur de *Jésus et l'Histoire* (Desclée, 1993), devenu un livre de référence sur la question historique à propos de Jésus et du judéo-christianisme des premiers temps. Il vient de publier *Jésus de Nazareth, Christ et seigneur des premiers chrétiens* (Desclée, 1997).
- **Émile Puech**, directeur de recherches au CNRS, est co-éditeur en chef des manuscrits de la mer Morte, directeur de la *Revue de Qumrân*. Épigraphiste, il a publié un nombre considérable d'articles dans des revues du monde entier... Il est également membre de la Société des lettres, sciences et art de l'Aveyron (Rodez), membre du Conseil éditorial de la revue *Le Monde de la Bible* (Bayard) et consultant pour le projet de l'*Encyclopædia of the Dead Scrolls* (New York). Il est co-auteur du volume collectif *Qumrân et les manuscrits de la mer Morte, un cinquantenaire* (Cerf, 1997).
- **Daniel Schwartz** est professeur au Département d'Histoire juive à l'Université hébraïque de Jérusalem. Il a publié : *Agrippa I : The Last King of Judea* (1990) et *Studies in the Jewish Background of Christianity* (1992). Il prépare actuellement une édition critique du *Second Livre des Macchabées* dont il assurera aussi la traduction.
- **Jean-Marie Sevrin,** spécialiste de l'Évangile selon Jean et des écrits gnostiques coptes, enseigne à la Faculté de théologie et de droit canonique de l'Université catholique de Louvain-la-Neuve. Hormis ses publications concernant les textes de Nag Hamadi,

il a dirigé *The New Testament in Early Christianity*, la réception des écrits néo-testamentaires dans le christianisme primitif (Leuven Universtiy Press, 1989).

- **Guy Gedaliahu Stroumsa,** spécialiste de la Gnose, enseigne à l'Université hébraïque de Jérusalem. Il a publié des textes dans de nombreux ouvrages collectifs et, à titre individuel : *Another Seed : Studies in Gnostic Mythology* (1984), *Savoir et Salut* (Cerf, 1992), *Hidden Wisolom : Esoteric Traditions and the Roots of Christian Mysticism* (1996).
- **Étienne Trocmé,** professeur émérite de l'université des Sciences humaines de Strasbourg, a été président de Strasbourg-II, doyen de la Faculté de théologie protestante et premier vice-président de la conférence des présidents d'université. Il est directeur de la *Revue d'histoire et de philosophie religieuse*, et préside notamment la Société internationale pour l'étude du Nouveau Testament et la Société Ernest-Renan. Parmi ses publications : *La Formation de l'Évangile selon Marc* (PUF, 1963), *Jésus de Nazareth vu par les témoins de sa vie* (Delachaux et Niestlé, 1972), *The Passion as Liturgy* (1983), *L'Enfance du christianisme* (Éditions Noêsis, 1997).
- **Gerd Theissen** est professeur de Nouveau Testament au Séminaire de théologie protestante de l'université de Heidelberg. Spécialiste de la sociologie de la Palestine au Ier siècle, il lui a consacré plusieurs de ses ouvrages. Certains ont été traduits en français : *Le Christianisme de Jésus* (1978), *Histoire sociale du christianisme primitif* (1996) et *L'Ombre du Galiléen, récit historique* (Cerf, 1994). Il vient de faire paraître, avec A. Merz, *Der Historiche Jesus* (1996).
- **Joe Zias,** anthropologue au département des Antiquités israéliennes, où il travaille au musée Rockefeller, a publié de très nombreuses études, notamment sur les ossements du seul crucifié jamais découvert, *The Crucified Man from Giv'at ha Mirta*. Il a aussi travaillé à la question de la crucifixion elle-même, tant sur le plan historique que sur le plan médical (et sur l'histoire de ses représentations).

Repères bibliographiques

- ◆ P. Benoît et M.-É. Boismard : *Synopse des quatre Évangiles* (Cerf, 1990)
- ◆ Pierre-Antoine Bernheim, *Jacques, frère de Jésus* (Éditions Noêsis, 1996)
- ◆ Marie-Émile Boismard : *Moïse ou Jésus* (Leuven University Press, 1988)
- ◆ S.G.F. Brandon : *Jésus et les zélotes* (Flammarion, 1975)
- ◆ Rudolph Bultmann : *Jésus, mythologie et démythologisation* (Le Seuil, 1968)
- ◆ Collectif : *Les Évangiles* (Desclée de Brouwer, 1990)
- ◆ Oscar Cullmann : *Jésus et les révolutionnaires de son temps* (Delachaux et Niestlé)
- ◆ Bernard Dubourg : *L'Invention de Jésus*, tomes 1 et 2 (Gallimard, collection L'Infini, 1987 et 1989)
- ◆ Ennio Floris : *Sous le Christ, Jésus* (Flammarion, 1987)
- ◆ Paula Fredriksen, *De Jésus aux Christs* (Cerf, 1992)
- ◆ Charles Guignebert : *Jésus* (Albin Michel, réédition 1969), *Le Christ* (Albin Michel, réedition 1969)
- ◆ Pierre Grelot : *Les Juifs dans l'Évangile selon Jean* (Gabalda, 1995), *L'Espérance juive à l'heure de Jésus* (Desclée, 1996)
- ◆ Mireille Hadas-Lebel : *L'Hébreu, trois mille ans d'histoire* (Albin Michel, 1992), *Flavius Josèphe* (Fayard, 1989)
- ◆ Tristan Hannaniel : *Les Controverses du christianisme* (Bordas, 1992)
- ◆ Helmut Koester et François Bovon : *Genèse de l'écriture chrétienne* (Brépols, 1991)
- ◆ Simon Légasse : *Le Procès de Jésus*, tomes 1 et 2 (Cerf, 1994)
- ◆ Charles Perrot : *Jésus et l'Histoire* (Desclée, 1993)

- *Écrits apocryphes chrétiens* (Gallimard, La Pléiade, 1997)
- Michel Quesnel, *L'Histoire des Évangiles* (Cerf, 1987)
- Louis Rougier, *La Genèse des dogmes chrétiens* (Albin Michel, 1972)
- Graham Stanton, *Parole d'Evangile?* (Cerf, 1997)
- Raoul Vaneigem : *La Résistance au christianisme* (Fayard, 1993)
- François Vouga, *Les Premiers pas du christianisme* (Labor et Fidès, 1998)
- Sous la direction de J.-D. Kaestli et D. Marguerat : *Le Mystère apocryphe* (Labor et Fidès, 1995)

Pour mémoire, nous renvoyons à quelques textes fondamentaux mais disponibles uniquement en bibliothèque :
- l'ensemble de l'œuvre d'Alfred Loisy (1856-1940),
- Maurice Goguel : *Jésus* et *La Naissance du christianisme*,
- Joseph Klausner : *Jésus de Nazareth*,

et les ouvrages des historiens rationalistes comme Prosper Alfaric, P.-L. Couchoud, Georges Ory ou Daniel Massé.

Les citations d'Origène, *Contre Celse* (traduction Marcel Borret),
de Tertullien, *Contre Marcion* (traduction René Braun),
de Méliton de Sardes, *Sur la Pâque* (traduction Marcel Borret),
de *L'Évangile de Pierre* (traduction M.-G. Mara)
proviennent de la collection Sources chrétiennes (Cerf).

L'œuvre de Justin, présentée par Jean-Daniel Dubois, traduite par G. Archambault et L. Pautigny a été publiée par les éditions Migne-Brépols (1994).
Les éditions du Cerf assurent l'édition de Philon d'Alexandrie et en particulier de *Legatio ad Caïum* (traduction André Pelletier) et des *Antiquités juives* de Flavius Josèphe (traduction en cours sous la direction de Étienne Nodet).
La Guerre des Juifs, présentée par Pierre Vidal-Naquet (traduction Pierre Savinel), est publiée par les éditions de Minuit (1977).

Ecrivains et cinéastes, **Gérard Mordillat** et **Jérôme Prieur** ont réalisé ensemble un grand documentaire, *La Véritable Histoire d'Artaud le Momo* (avec Paule Thévenin, Marthe Robert, Henri Thomas, Jacqueline Adamov et Henri Pichette), puis écrit pour le cinéma l'adaptation du journal de Jacques Prevel, *En compagnie d'Antonin Artaud*, réalisé par Gérard Mordillat – avec Sami Frey, Marc Barbé, Julie Jézéquel, Charlotte Valandrey et Valérie Jeannet.

Au terme de ces deux films, Gérard Mordillat et Jérôme Prieur ont assumé la nouvelle édition commentée de l'œuvre de Jacques Prevel, *En compagnie d'Antonin Artaud* suivi de *Poèmes* (Flammarion).

Ce travail de référence sur Antonin Artaud a été récompensé par le prix de l'Académie Charles-Cros, le prix Max-Pol-Fouchet de la Société des gens de lettres et le Prix spécial de la Société des auteurs et compositeurs dramatiques. Enfin, ils ont reçu la médaille Yedi-Frends pour leurs recherches.

Mille et une nuits propose des chefs-d'œuvre pour le temps d'une attente, d'un voyage, d'une insomnie…

15 mars 98

LES PREMIERS LIVRES EN EURO

Nouveautés

n° 196 Bossuet, *Sermon sur l'ambition* ; 1 euro/6,50 F
n° 197 Maïakovski, *Le Nuage en pantalon* ; 1,50 euro/10 F
n° 198 Karl Kraus, *Aphorismes* ; 2 euro/13 F
n° 199 *Genèse* ; 2,50 euro/16F50
n° 201 Cyrano de Bergerac, *L'Autre Monde* ; 3 euro/19,50 F
n° 202 Proust, *Les Plaisirs et les Jours* ; 3,50 euro/23 F

Réimpression

n° 9 Miguel de Cervantes, *L'Amant généreux* ; 1,5 euro/10 F
n° 18 Sénèque, *Sur la brièveté de la vie* ; 1 euro/6,50 F
n° 31 Prosper Mérimée, *Carmen* ; 2 euro/13 F
n° 53 Pascal, *Discours sur les passions de l'amour* ; 1 euro/6,50 F
n° 59 Sade, *Français, encore un effort si vous voulez être républicains* ; 1,5 euro/10 F
n° 98 Spinoza, *Traité de la réforme de l'entendement* ; 2 euro/13 F

Déjà parus chez Arte Éditions/Éditions Mille et une nuits

***Corpus Christi*, l'intégrale**
Un coffret de 6 volumes :
Crucifixion, Procès, Roi des Juifs, Pâque, Résurrection, Christos

85. Elie Wiesel/Jorge Semprun, *Se taire est impossible.*
110. Jacques Berque/Jean Sur, *Les Arabes, l'islam et nous.*
129. Pierre Legendre, *La Fabrique de l'homme occidental.*
143. Dominique Méda/Juliet Schor, *Travail, une révolution à venir.*
157. Edgar Morin/Christoph Wulf, *Planète : l'aventure inconnue.*
170. Jacques Testart/Jens Reich, *Pour une éthique planétaire.*
183. Claude Lanzmann, *Un vivant qui passe*

Hors collection

Collectif, *L'@mour est à réinventer.*
Collectif, *Cannes, les années Festival Cinquante ans de cinéma (coffret, 50 vol.).*
Claire Alby/Alfred Caron, *Passion Callas*

Pour chaque titre, le texte intégral, une postface, la vie de l'auteur et une bibliographie.

Achevé d'imprimer en mars 1998,
sur papier recyclé Ricarta-Pigna par G. Canale & C. SpA (Turin, Italie)